fernanda lira

nasceu em 1993 e até hoje vive na Rocinha (Rio de Janeiro, RJ). É mestre em Estudos de Literatura pela Universidade Federal Fluminense e graduada em letras pela Universidade Federal do Estado do Rio de Janeiro. Tem poemas e prosas publicados em revistas eletrônicas, como *Garupa, DaGaveta* e *Geração de 20*, e em antologias coletivas, como *Sarau Brasil 2018* e *VISÍVEIS - I Anuário Filipa Edições*. Trabalhou também na frente e atrás das câmeras em documentários e videoperformances, como *Amiga oculta* (2017), *Esguicho* (2019) e *Prove y prove* (2021). *00:00* é seu primeiro livro.

00:00

fernanda lira

editora Urutau
primeira edição
2022

O —

editora Urutau

rua do cajú, 478,
jardim das cerejeiras
06724-015
cotia-sp (brasil)

rua manuel pacheco nobre, 128 - 5º esquerdo
2830-080
barreiro (setúbal)
portugal

[+351] 928053619 [portugal]
[+55] 11 9 4859 2 426 [brasil]

www.editoraurutau.com.br
contato@editoraurutau.com.br

[EDITORA]
debora ribeiro rendelli
[REVISÃO]
marcella sarubi
[PROJETO GRÁFICO]
wladimir vaz
[COORDENAÇÃO GRÁFICA]
tiago fabris rendelli
[DIAGRAMAÇÃO]
victor h. azevedo
[CAPA]
victor h. azevedo, sobre fotografia de wilhelm gunkel

dados internacionais de catalogação na publicação (CIP) de acordo com ISBD

lira, fernanda
L768m 00:00 / fernanda lira.— cotia : urutau, 2022. 84 p. ; 14cm x 19,5cm.

ISBN: 978-65-5900-326-6

1. literatura brasileira. 2. poesia. I. título.

CDD 869.1
2022-2327 CDU 821.134.3(81)-1

elaborado por odilio hilario moreira junior - CRB-8/9949

sumário

DE TOUT CŒUR

.MP3

RETALHOS

PÍLULAS

[81] ab/cb
[82] [o pus]
[83] o vestido

Para Lina, como tudo.

Especialmente grata a Carla Miguelote,
Masé Lemos, Celia Pedrosa, Debora Rendelli e
a todas as pessoas que tornaram este livro possível.

Você já viu esse filme, já ouviu esse acorde
gemido por um desentoadíssimo realejo

dentro da sua cabeça. Sim, você é um
dos nossos. Pode entrar. A gente não morde.

Paulo Henriques Britto, *Macau*

DE TOUT CŒUR

se segura, cinderela

inclino para acender o cigarro, ambos os cotovelos na mesa. a voz que escreve inicia como se alguém apertasse o botão play. em outros tempos tão conhecida, hoje só chega durante ou logo depois de um cigarro, soluçante e sôfrega, *caught in between* — quase trêmula. mais um minuto é meia-noite:

oleg

o russo entra no palco, ouço antes de ver
os pés decididos andam em outro idioma
as madeiras que o reconhecem
rangeriam diferente para mim, com certeza

ele para   eu olho
nunca havia visto antes um russo existindo
não que não soubesse que russos, de fato, existem
Lênin existiu
                    Dostoiévski existiu
                                        Gagarin existiu

mas
esse russo — vejam só — esse russo
estava ali, existindo
no mesmo tempo-espaço que eu
no mesmo espaço-tempo que eu

eu e esse russo, que ouço antes de ver
dividimos oxigênio num teatro de câmara
com muitos metros de pé-direito

o russo não sabe de mim nesse lugar
em que as madeiras do chão ao teto
                                        o reconhecem
(como será a palavra plateia em russo?)

se senta, sem preparação ou graça
afunda as teclas com os dedos
                                                            várias de uma só vez
a princípio deselegante, o piano geme alto

tudo dura uns trinta segundos

*

o corpo inteiro esticado
se oferece ao sol das três da tarde

n u a

luz e s t o u r a d a na íris
dá tudo

as partes mais recônditas de si

ao sol

que sobre ela se derrama

sobre

cada dobra

cada detalhe

c a d a p e l o e n c a r a c o l a d o

débutant i

pouvoir
aprendi hoje
verbo poder

madrugada alta
olho ao redor
povoar

listas

tenho essa mania insuportável de escrever listas, compor listas. às vezes as do mercado rimam bem à beça e têm um ritmo bem-marcado, observo enquanto as palavras se tornam itens fazendo *bip-bip* no caixa da moça loira. penso sozinha que jogar fora a lista seria um erro: a rima é boa, o jogo de palavras é natural e o ritmo interessante! não, não quero abrir mão dos versos-itens para os quais agora olho absurdada. é que a poesia me escorre como a gosma dum caracol que a tudo sobre o que passa toca, suja e lubrifica, e ele ainda assim anda, sem se dar conta. dinheiro ou cartão, pergunta a moça sem paciência, um detergente transparente à mão. soco na sacola a lista tentando meter para dentro a poesia derramada sem querer. débito.

clinâmen

para a Carla

ainda que quisesse muito
demais mesmo e com toda a força
ter palavras quaisquer para
arrematar definitivamente
aquela conversa ali sobre querer
(verbo que mais vinha
usando ultimamente)
sobre o gosto, sobre gostar
sua cabeça só sabia pensar sobre
sorte, probabilidade e acasos múltiplos
sobre a nova palavra apreendida
que aplicava a frases
silenciosas
bem ali
por sobre uns muitos, muitos cabelos
da cor exata da tempestade dentre
os quais dois fininhos fios brancos
se estendiam paralelíssimos
em direção ao choque
no fim do infinito, por um acaso

pitombas vermelhas

amassadas no teto de um carro
outras tantas se acumulam ainda entre
o para-brisa e o capô
a motorista usa um brinco longo
entre a luz vermelha e a verde
eu olho o tempo
o meu atraso
o sol singelo de inverno
as unhas pintadas de mulher
algumas memórias da mulher que amo
o teto desse carro azul-marinho
o engarrafamento no Rio
e as pitombas em contraste
caídas   vermelhas   amassadas
tanto no teto quanto
no espaço vão entre o vidro e o capô

exame de fundo de olho

                                        no olho do furacão
o mundo se despenca e desbalança
                                        no olho do furacão
é onde mora o caos e o medo
                                        no olho do furacão
não existe começo, não existe fim
                                        no olho do furacão
entendendo do verdadeiro vazio
                                        no olho do furacão
pode o mundo acabar
                                        no olho do furacão
e você viraria poeira

no olho do furacão
    no olho do furacão
        no olho do furacão

uma luz no fundo do olho
um furacão no fundo do peito
e ele disse: são só três graus de miopia

a cor de alerta na natureza

acredito nisso:
deus criou o mundo e todas as coisas nele presentes, dos *Aedes aegyptis* a Chico Buarque; em ordem: mineral, vegetal, animal. por motivos ignorados, criou certas criaturinhas venenosas. nos primeiros milhares de anos, os animaizinhos amados por deus morriam aos montes dada a ingestão desavisada de seus irmãos cabulosos. ele ficou puto; mas ao invés de modificar os não dotados de peçonha, parece ter decidido escrever um bilhete de CUIDADO nos petiscos mortais: de um dia para o outro, tornaram-se todos vermelhos. pintados, listrados, rajados de vermelho. deus criou, enfim, a Koleston 7744, dando fim ao envenenamento em massa e às mortes inocentes nos jardins do éden.

depois de dois dorflex

o chão
de um cruzamento
em Botafogo, RJ
rasgou-me as mãos
ambas as mãos ——
que usei   súbito
para evitar que me rasgasse
a cara

—— ambas as mãos
rasgos paralelos
buracos doloridos
os Band-Aids
(fitas de ajuda)
simétricos —— marcas
visíveis de uma dor

queria tirar essa foto
as mãozinhas postas de santa
não mostrar os buracos
mostrar os Band-Aids
colados   paralelos
sobre a minha dor

te esconder minha dor
te proteger da minha
                                        queda

mas —— sozinha
ambas as mãos inchadas
latejando e doendo e rasgadas
lado-a-lado   dispostas ——
quem tiraria essa foto?
quem a veria? quem
sem ver   sentiria
essa minha dor?

*

uma parte em mim
bate e pulsa por você
e não sei não, mesmo
o que fazer com ela e c/ o grito
sempre que dentes os teus
me encontram a carne assim
sem aviso

meio de março

ela sai
para a terapia

volta

fala sobre o sindicato
sobre nada mais

me beija de repente
três e meia da tarde de
uma quarta-feira sem sol

põe os joelhos no chão
    a boca em mim

na cadeira giratória
no escritório
            três da tarde

abandonada à tua beira

neste horizonte infinito de impossibilidades
me permito
pequenos instantes de insanidade e deleite
            exemplos: olhar atenta teus limites
e buscar na epiderme que exibe
respostas para perguntas que nunca fiz
                        tentar todo dia contar
um número exato de fios do teu cabelo que
se arrepiam na contramão
                        e ainda, fechar os olhos
para saber (só os dedos e os ouvidos)
outros detalhes sobre você

solidão locomotiva

o metrô vazio cheio
de espaços vazios
pessoas não vêm e nem vão
nem só nem acompanhadas
    cheio do silêncio mudo
das conversas que não acontecem
paralelas inaudíveis
apesar dos fones fundos nos meus ouvidos
    cheio de luzes diretas e frias
que não encontram barreira nos
corpos sólidos e opacos
das pessoas que não vão nem vêm

vagão vazio ecoando os próprios rangidos
como um velho sem amigos
mal-amado e malquerido
gemendo só e se urinando sobre a cama
    esse vagão
enorme e gelado, vazio e iluminado
gigantesca cobra cheia
de mudos espaços vazios
    como o vagão vou eu
ao abrir a porta da casa e

tua ausência toda

lá dentro

ca.sa

substantivo feminino
do latim, *casa.ae*, que, em português, data de 1221
sinônimo de lar domicílio residência vivenda

ou

espaço material no qual
os bicos dos peitos, sem escrúpulos, tocam
o dentro das blusas

lesbofonia

quando uma mulher ama uma mulher
nunca ama apenas uma mulher
quando uma mulher ama uma mulher
é exigida a palavra
                                                    Outra
em português se diz: aquela é a mulher
que ama uma outra mulher

carta de amor

p.s.: de todos os meus amores
platônicos
você foi, com certeza, o mais gozado

tudo o que quero te dizer,

escrevo
vivo dessa angústia
sussurro semi-inconfissões
mas entenda que isso
não é para te proteger, não
chèrie

quem sou pra te esconder
dos teus próprios olhos?

que amo, ai!

a, b e c, de coração

há três tipos de poemas: os sobre o que sinto, os sobre o que vejo e os mais importantes, os que precisam ser escritos. os poemas, esses que precisam ser escritos, porém, demandam de mim coisas cruéis. às vezes, por escrevê-los ou justamente pelo oposto, me esgarça o corpo físico até cair-me o coração ao colo. o peito se abre e o órgão salta de dentro das costelas, o coração vermelho e vivo e sangrento bate, como dizem. tudo muito rápido e em repetição involuntária. acho que ninguém nunca nota quando acontece. eis que ouço uma frase sair de outra boca, ou mesmo da minha, e daí tem início um trabalho de parto no peito que só termina com o coração vindo pulsante à luz. gosto de estar sentada, pois ele cai onde deveria. cai no colo que é meu e que posso sujar do meu sangue, cai no encontro das coxas onde se encontra o ventre que também pulsa, que é também vivo, sangrento e vermelho, que é também vida e parto e, enfim, um órgão. o vermelho tão vivo vibrando, o vermelho tão tanto. o coração batendo no colo, o coração batendo no útero, o coração para fora, no mundo. se estivesse em pé, ele cairia ao chão. se estivesse caminhando, rolaria pelo asfalto dependurado em uma grossa artéria, e quicaria, sem dúvida, por sobre as pedras portuguesas. se estivesse deitada, sufocaria entre o peso do meu corpo e a materialidade do colchão que não conseguiria atravessar. melhor estar sentadinha, o coração colado ao ventre, o pulsar ritmado, o vermelho, um caderno à mão e à caneta. escrevo depressa o que preciso para meter logo de volta o vermelho no buraco que lhe cabe e então que tudo se acabe, vida que segue: ninguém nota, só eu.

como sei que me ama

de dia ela diz com todas as palavras
que me ama: te amo, te amo, te amo

à tarde ela diz que pensa em mim
olhando o pôr do sol:
é quase vermelho como o teu cabelo

à noite ela sonha com um prender e soltar
de cabelos que não os meus e
adormecida
estica a mão e me toca a coxa

doses homeopáticas

acordei às sete e meia
gozei um total de quatro vezes
para só depois
                    levantar:

lavar louça, *check*
recolher roupas secas, *check*
ligar máquina de lavar (roupas pretas), *check*

voltei ao quarto esbarrei com poemas meio
mal acabados que gentilmente corrigi
ainda nem eram dez

.MP3

bewitched, bothered, bewildered

eis-me aqui
aos prantos segurando esta taça
depois de um filme de que não gostei
e que ainda assim me fez chorar

eis-me aqui
é domingo e talvez faça sol
talvez por isso as mãos suadas
talvez o choro nada tenha a ver com o filme

eis-me aqui
com os ouvidos em um piano de cauda
nas teclas pretas e nas teclas brancas
palavras de uma mulher abandonada

johnny hooker

tem um cara cantando aqui
(queria poder dizer no rádio
na sorte
mas não, eu mesma
escolhi e isso é importante
cê tá cansada
de saber que não escolho nada)
enfim,

tem esse cara cantando aqui
no meu ouvido o que eu queria no seu
"que é pra ver se você volta
que é pra ver se você vem
que é pra ver se você olha
                                        pra mim"
(um pouco de ciúmes, sabe?)
enfim,

tem o cara cantando aqui
e tem também um calorzinho gostoso
naquele pouco de lado de fora
meu desajustamento
alguns pequenos desacertos

meia constelação de Órion no céu
as luzes de Natal no vizinho
e só

ai, como é bom amar!

certos solos de sax
hoje em dia, ah!
só penso em você
em você em você em você
em viver dentro de você
em morrer dentro de você
“tipo came e case,
                louca samurai”

é impossível ser sem

alguma ideia de sublime
o amor
              a voz da Gal

fortissimo

no auge da liberdade
do meu academicismo safado
ouvia Rita Pavone cantando baixinho
questo piccolo ciao
e roçava o desejo preso por entre as coxas

ao som de caetano veloso

atrás da névoa opaca
se esconde o monte
un viso di pietra e vapore

como se não estivesse, estou
e lembro

se oferecesse agora
— quer levar o carro até em casa?
levaria sem cerimônia

até o muro

título para uma pseudoautobiografia

hope is a dangerous thing
for a woman like me to have

ou

previsivelmente infeliz
em um país quente

ovelha

para o Maurício

foi quando meu pai me disse
filha
          Fernanda
                    fodeu

RETALHOS

1999, cor, 125min

tem um quê de amar essa mulher
quando assistimos juntas em alemão
as legendas em espanhol   e eu
que não sei nem alemão nem espanhol
sabendo como é   talvez
amar essa mulher
e ser ainda
                    amada de volta

tem um quê de amar essa mulher
mesmo quando os soldados nazistas
espancam a protagonista   e eu
e ela e Aimée estamos frias, geladas de medo
sabendo como é   talvez
amar essa mulher
e ser ainda
                    amada de volta

não é nenhum mistério

perde-se
um grande amor
como se perde uma perna
um olho, um rim, o trem para algum lugar
distante
como quem perde a hora
o *timing*, o alarme do celular,
o horário do ônibus na rodoviária
ou um livro muito querido
esquecido no banco do metrô

perde-se
como numa mesa de poker
de truco, buraco, jogo-da-velha
como uma aposta no turfe
como perdemos a cabeça
alteradas e bêbadas no meio da rua
em pleno Carnaval
como se perdia, se bem me lembro,
moedas de um centavo pelo chão
sem se dar conta, sem esforço

perdemos
como os cabelos que caem no banho
levados contra a vontade ao ralo
emaranham-se mortos e úmidos
lá estão até que alguma mão firme
os resolva recolher

monocultura

Litchi chinensis: espécie do gênero botânico litchi
pertence à família Sapindaceae
sendo   sapi um radical latino
                                    que significa sabiamente

árvore conhecida como lecheira, licheira ou uruvaia
é natural de algumas regiões da Ásia
China, Índia, Madagascar, Bangladesh, Paquistão, Nepal
Taiwan, Tailândia, Indonésia, Filipinas, Vietnã

achada no México, no interior serrano do estado do Rio de Janeiro
e na barraquinha (duas caixas por dez reais) do Largo do Machado

em dois mil e dezenove, é facilmente encontrável

(agora em ordem alfabética:
Bangladesh, barraquinha do Largo do Machado, China,
Filipinas, Índia, Indonésia, Madagascar, México, Nepal,
Paquistão, Rio de Janeiro, Tailândia, Taiwan, Vietnã)

é grossa a casca e doce o sumo
é rosa fora e branca dentro
é tenra a carne e duro o caroço

é macia à língua como uma buceta

tem uns defeitos:
não se come com uma mão apenas
enquanto a outra segura decidida e suavemente
um livro de poemas aberto sobre os olhos
          não se come sem dois pratos: um com as frutas
já lavadas, sim sim   outro vazio para duras cascas
nem tão duras   diria firmes
          não se come sem certa ajuda

é preciso pratos, é preciso papéis, é preciso água depois
é preciso limpar os dedos e os cantos da boca

(agora o mote disto:
não entender
como pode ser que tenha sido inventado com tamanho
requinte de perfeição o que não posso provar
          chupar lamber engolir
enquanto seguro na outra mão um livro de poemas)

beijos, bocas e sorrisos

eis que um dia, num beijo, me estalou o coração. cada coisa pra fazer estalar esse coração de gente, pensei mais ou menos quase meio abobada sorrindo dentro do beijo, dentro da boca dela, coitada. os lábios, e acho que a ponta da língua também, tocaram meus dentes tortos pela falta de aparelho ortodôntico, mas, ao invés de tudo, ela sorriu de volta parindo sem saber um segundo estalo em mim. às vezes sinto tanto medo, mas finjo que não e fico séria como na igreja. esse teu sorriso me lembrou uma coisa escrita, ela disse e levantou correndo e nua. trouxe o livro do qual leu para mim a tal coisa escrita sobre beijos, bocas e sorrisos. então sorriu, nuinha, com a coisa escrita na mão enquanto meu coração dava o terceiro e derradeiro estalo, como o sinal no teatro: a primeira vez do beijo virado sorriso, a primeira vez do coração aos estalos e a primeira vez dela nuinha me compartilhando coisas escritas sobre beijos, bocas e sorrisos.

paradigma queer

No exemplo acima
temos um gênero funcional (artigo
de opinião) com o formato de outro
(poema).

Isto não deve
trazer dificuldade interpretativa, já que
o predomínio da função supera a forma
na determinação do gênero —

evidenciando sua *plasticidade e dinamicidade.*

retalhos

entre M. Foucault e V. Woolf

um tanto perturbada
          um tanto espantada
(pois pensava no amor)
falava contra os poderes
dizia sempre a verdade e,
por fim, prometia o gozo:
          sentimento não classificável que
existe
e em tão grande número! no qual
confluem o ardor do saber
          a vontade de mudar a lei e
o esperado jardim das delícias
qu'em tão grande número existem
          sentimentos não classificáveis e que,
por fim, prometem o gozo
dizem alguma verdade e
falam contra os poderes:
          um tanto espantada
um tanto perturbada
(pois estava pensando no amor)

00:00

dramatizo porque é preciso:

do fundo do poço   a voz
um rosto para   *un signal d'arrêt*

e o gelo do congelador estronda   cai

insustentável leveza

no pátio
            olhava os muros
sujos do pátio e (enfim,
enfim) compreendia que
compreendia no exato momento
em que encarava os muros
no pátio
            olhava, cansada, os muros
todos sujos e compreendia
(falando em voz alta) compreendia
cansada e olhando os muros sujos
que não saberia
                        não hoje
não saberia se aquilo
por dentro do peito
         por dentro da boca
enquanto olhava cansada
os muros sujos
no pátio
            compreendia agora
que não saberia jamais
se aquilo, aquilo (ali e agora)
   se era ou se seria

pura histeria
ou
se era ou se seria
amor

michel leiris

Não terão chance de êxito se não misturarem
à liga com que comporão o aço de seu espelho

(espetáculo,
encenação erótica,
poema,
obra de arte)

um elemento de fazer repontar através da beleza
mais rígida ou mais suave
algo de desvairado,
    de miserável,
    de irredutivelmente vicioso

*

das duas coisas que mais amo
a poesia e o cinema
emerge a performance → a presença e o corpo
a fim de combater a discursividade
                    a narratividade
                    a ficcionalidade
ou seja,
transforma sujeito e objeto em sujeitobjeto
          e autor em performer

no que alude à vida, à nossa vida
por exemplo: o gesto!
ora sóbrio de perto, ora
t r e m e l o q u e n t e de l o n g e
e, ainda, a câmera morta versus a ênfase ótica

tudo isso pra (tentar) dizer sobre ela, sobre o vídeo:
sua silhueta recortada ante a projeção
          ela, de fato, a grande performance

iii

mulher coroada sentada num trono
com a mão direita mantém contra si
escudo ornado com uma águia
amarela enquanto que com a esquerda
sustenta um cetro que termina em
um globo encimado pela cruz

está representada de frente
joelhos separados e pés ocultos
por dobras de túnica, a cintura da
imperatriz está marcada por cinto
que se une à gola dourada e
na coroa florões amarelos permitem
os cabelos a se derramarem por
sobre os ombros

o trono é visível, o espaldar sobressai
à altura da cabeça da imperatriz
no canto inferior esquerdo da estampa
cresce uma planta qualquer e
a águia desenhada no escudo
olha para a direita

modos de composição

I.
a crueldade do se jogar
é sempre o segundo seguinte
ou não? pensa
tem primeiro querer ou não
sair à francesa
depois uma ideia tonta de voar
então o se jogar (modo reflexivo!)

e

II.
assim
a queda
alguns segundos
a queda
assim
e
fim

anotações para um poema

observação, dois pontos
(1) Conde Orloff
(um vilão fictício)
(2) os dois condes contam
(aliterações entreouvidas)
(3) vodka Orloff
(dos porres adolescentes)

e, entre parênteses,
(4) Caio,
Morangos mofados,
Wyborowa

*

às sextas-feiras às seis da tarde
assisto slides num sexto andar
e através de não longas janelas
cintilam milhares de luzes elétricas
vaga-lumes e marimbondos à beira
da beira da Baía de Guanabara

nas escadas entre o térreo e o
segundo andar, uma placa

eles passarão   /   eu passarinho

o corpo sonhava a queda
o voo livre rasgando o céu

e as costas, vendo o vidro,
fazem o que quase chamo de alma
se irritar e se arrepiar
    se debater   coitada   revoltada

de dentro da gaiola

e aí

então

sinto,

sei,

é

acho que sei, sim

deixe de delírios divinos! quando você começa a divagar, eu fico em palpos de aranha

Do que se conclui que o ateísmo é tão imprescindível à narrativa quanto o misticismo.

À poesia — a lacuna.

Do topo da pilha de livros à esquerda
me olha Aristóteles. Sinto frio e calor.

metáfora-mallarmé

um soneto é uma lápide
pedra fincada fria no chão
em face da morte de alguém

uma homenagem,
o soneto é um túmulo

tantas emoções, bicho!

o fetiche de uma avó —
disseram-me ter confessado
certo ano no Natal
— era regar de mel o
peito do Roberto Carlos
e lamber.   percebe?

assim na terra como no céu

inventei esse cara que me olha o corpo de cima a baixo como produtor de pura arte e que atiça esse corpo ao encostar as pontas dos dedos no meu joelho falando vaidades. inventei, pela primeira vez, esse homem que não se ofende e nem se dói com meu desejo pelo feminino. ele só pergunta, uma vez e quase em voz baixa, se eros se depravaria com a mudança do objeto – se trocando o gênero, num poema, o tesão troca de figura. agora não sei se o inventei ou se foi ele mesmo quem se inventou para mim, mais sujeito que outros tantos sujeitos por aí. virou motivo de gozo e poesia (o que, penso ou invento, o honraria). cogito se se assustaria se soubesse que à noite o inventava entre gemidos, o tempo todo guardando um Pai Nosso na boca, e que o gozo veio, oh, sim!, bem no meio da oração.

PÍLULAS

solilóquio

dizem:
a arte imita a vida
a vida imita a arte

                : pergunto
qual a pior parte?

aqui

sob lentes escuríssimas
jaz o desejo
calada e eterna ela
permanece ao longe

moderate rainfall

houve um dia quando disse
a cara de apaixonada, o sorriso rapinante
ser minha voz uma chuva moderada:
baixa, rouca e constante

paixão

uma gaveta trancada à chave
lotada de poemas
horríveis   sofríveis   sofridos
todos para a mesma mulher

candente

adjetivo de
2 gêneros

ardendo
em brasa

a uma filha de yemanjá

a cabeça baixa na beira da praia
o vento forte:
você me vem em ondas

digitando...

~~como você tem passado?~~

~~qual livro anda lendo?~~

~~quer tentar ir ao cinema?~~

~~pensei em você outro dia~~

~~sonhei contigo essa noite~~

~~ouvi de novo aquela música~~

la vie

problemas em prosa

ab/cb

escreveram no banheiro
certa feita ouvi dizer
disparates muito grandes
quem leu queria desler

*

o pus
do poema
                    é a palavra

o vestido

uma coisa muito me intriga:
se em dizendo eu ponha
                                        ela põe
que coisa faria se dissesse tira?

■ primeira edição
■ agosto de 2022